1910 Juin 3

HOTEL DROUOT. Salle n° 7.

EXPOSITION : Jeudi 2 Juin.

VENTE : 3 et 4 Juin.

COLLECTION DE MONSIEUR P. M.

ARTISTE PEINTRE

ART CHINOIS
ET JAPONAIS

M. André DESVOUGES
Commissaire-priseur.

M. André PORTIER
Expert.

COLLECTION DE MONSIEUR P. M.

ARTISTE PEINTRE

Art Chinois et Japonais

CONDITIONS DE LA VENTE

Les acquéreurs paieront 10 p. 100 en sus des enchères.

L'Exposition mettant les amateurs à même de se rendre compte de l'état des objets mis en vente, aucune réclamation, pour quelque cause que ce soit, ne sera admise, une fois l'adjudication prononcée.

L'expert, dans l'intérêt de la vente, se réserve la faculté de réunir ou diviser les lots.

COLLECTION DE MONSIEUR P. M.

ARTISTE PEINTRE

ART CHINOIS
ET JAPONAIS

GARDES DE SABRES — KOTZUKAS — NETSUKES — BRONZES
LAQUES — BOIS — POTERIES
ESTAMPES — KAKEMONOS — LIVRES

Dont la Vente aura lieu les Vendredi 3 et Samedi 4 Juin 1910
à 2 heures

A L'HOTEL DROUOT, Salle n° 7

Commissaire-priseur : Me André DESVOUGES, 26, rue de la Grange-Batelière.
Expert : M. André PORTIER, 24, rue Chauchat.
Chez lesquels se distribue le présent catalogue.

EXPOSITION :

Hôtel Drouot, Salle n° 7, le Jeudi 2 Juin à 2 heures.

GARDES DE SABRES

GARDES EN FER PLEIN, STYLE PRIMITIF

1. Garde quadrilobée, style de Kamakura, martelée et décorée de caractères anciens.

2. — , style des Miotshin, repercée à la scie d'un décor en forme de caractère.

3. — circulaire, décorée d'une fleur de cerisier ajouré. Petites étoiles en rehauts d'or.

4. — repercée de deux fleurs de cerisier, conjuguées.

5. — gravée sur les deux faces de deux grands dragons chimériques.

6. — quadrilobée, le fond martelé.

7. — quadrilobée, le fond martelé, décorée en relief d'une tête de mort et d'ossements humains.

8. — quadrilobée, ciselée en relief d'un grand dragon et d'une épée.

Atelier des Miotshin.

9. — circulaire, repercée à la scie de lignes extrêmement fines, formant éclairs et décorée de dragons minuscules en relief.

10. — circulaire, décorée au trait de deux chevaux sous une branche de saule.

11. — circulaire, ciselée en relief de rats et d'éventails.

Signée : Toshi.....

12. — circulaire, dentelée, profilant un chrysanthème à 16 pétales.

Signée : Toshissada.

GARDES EN FER PLEIN, A REHAUTS MÉTALLIQUES

13. Garde circulaire, repercée d'un éventail et de lignes sinueuses, et décorée de feuilles minuscules en or.

Signée : Massakatzou.

14. — à coins arrondis, fond martelé, décorée en relief d'une libellule et de deux papillons en rehauts métalliques.

15. — ovale, ciselée en relief d'un paysage au bord de l'eau. Une barque passe, chargée de petits personnages, effrayant des canards.

16. — quadrilobée, décorée sur une face d'un grand dragon et sur l'autre de caractères anciens.

17. — quadrilobée, ciselée du Dieu du tonnerre dans les nuages. Rehauts d'or, d'argent et de cuivre.

18. — carrée, décorée en relief d'un scarabée et incrustée d'une mante religieuse et de libellules, sur fond imitant le vieux bois.

19. — ovale, ciselée d'un shojo mettant en fuite deux enfants. Rehauts d'or.

Signé : Kadzuyoshi.

20. — circulaire, ornée d'un masque de diable apparaissant au milieu de nuages d'or.

21. — quadrilobée, décorée d'un vol de passereaux au-dessus des flots. Herbes aquatiques en rehauts métalliques.

22. — quadrilobée, fortement martelée, décorée en relief d'un cheval minuscule en shakoudo et d'une toile d'araignée aux fils d'or.

23. — quadrilobée, incrustée en relief d'un couperet en argent, shakoudo et sentokou.

Atelier de Mito (Collection Barboutau).

24. — ovale, fond martelé, ciselée profondément de Fudo, sous un rocher.

25. — carrée, fond martelé, décorée d'un grand filet de pêche sous la pluie.

26. Garde ovale, ciselée d'un cultivateur poussant la charrue. Sur un vieux tronc d'arbre mort, deux faucons.

27. — lobée irrégulièrement, et cloutée, représentant une bombe de casque.

Signée : Iyétada.

28. — circulaire, ciselée des Sept Sages, dans la forêt de bambous.

29. — ovale, ciselée de « Taka-Sago », les Philémon et Beaucis japonais

30. — circulaire, fond martelé, incrustée d'un coquillage ajouré.

31. — quadrilobée, ciselée de fleurs et d'oiseaux à rehauts métalliques.

32. — ovale, ciselée de deux petits personnages battant du linge auprès d'une chaumière qu'abrite un grand pin.

33. — à bord lobé, décorée d'une figure de Darma, les yeux et les boucles d'oreilles en rehauts d'or.

34. — circulaire, ornée de coquillages échoués à marée basse.

35. — quadrilobée, finement ciselée d'Hoteï et d'un enfant regardant le croissant lunaire.

Signé : Mibôkou.

36. — circulaire, décorée d'une famille d'ibis au milieu des bambous.

37. — carrée, à coins arrondis, décorée d'hirondelles de mer, se dirigeant à travers les nuages vers le croissant de la lune.

Collection Barboutau.

38. — quadrilobée, ciselée d'une salamandre en shakoudo, se dirigeant vers une treille de raisins.

39. — multilobée, décorée d'une carpe remontant le courant.

40. — bilobée, fond chagriné à encadrement, décorée de fleurs et de pétales de cerisiers.

41. — en forme de pot à saké, portant en relief une cuillère, un éventail et une coupe.

42. — ovale, entourée d'une frise de feuilles d'érable argentées.

43. — quadrilobée, ciselée à cheval d'une branche fleurie.

44. Garde rectangulaire, fond martelé ciselé d'insectes incrustés en or et argent.

STYLE DES HOJO, ASHIKAGA ET MIOTSHIN

45. Garde carrée, entièrement ajourée à la scie, formant quatre figures triangulaires.

46. — circulaire, repercée d'une étoile à huit branches.

47. — circulaire, ajourée de deux carrelages et de trois pétales de cerisier.

48. — circulaire, ornée de branches fleuries ajourées.

49. — circulaire repercée à la scie d'un décor de mâts vus au clair de lune entre les nuages.

50. — ajourée d'un grand nombre de pétales.

51. — repercée de deux oiseaux se dirigeant vers une touffe d'iris.

52. — ovale, représentant une grue volant au-dessus des flots.

53. — carrée, à coins arrondis, repercée de onze rayons.

54. — circulaire, ajourée d'un décor de longues feuilles liées en bottes.

55. — circulaire, repercée d'une oie volant au-dessus de l'eau.

56. — circulaire, décorée de feuilles de mauve ciselées.

Signée : Tomo.....

57. — circulaire, représentant une selle et deux étriers.

Signée : Kinaï.

58. — circulaire, ajourée de deux petites marmites et d'attributs divers.

59. — circulaire, décorée de feuilles et d'oiseaux.

60. — circulaire, ornée de branches et de feuilles.

Signée : Tomotoshi.

61. — circulaire, décorée d'un tigre dans les bambous.

Signée : Kokûwo.

62. Garde circulaire, ajourée de deux dragons minuscules et d'un tronc de bambou.

63. — circulaire, décorée d'une jonque chargée, remontant le courant.

64. — circulaire, représentant un tigre rampant au milieu des troncs de bambou.

65. — ajourée d'une cloche et d'un coq.

66. — circulaire, décorée de deux tortues marines se poursuivant au milieu des algues.

67. — circulaire. Le Fouji, la lune perçant les nuages.

68. — circulaire, ajourée d'un tori-i et de troncs de pins.

69. — circulaire, rayonnée et ajourée.

70. — circulaire, ajourée de feuilles de violettes.

71. — circulaire, décorée de chrysanthèmes ciselés et ajourés.

72. — circulaire, décorée d'une branche de chrysanthèmes fleuris.

73. — quadrilobée, décorée de fleurettes à longues feuilles aiguës.

74. — quadrilobée, ornée d'un massif de pins finement ciselés.

75. — carrée, à coins arrondis, imitant le vieux bois. Encadrement torsion.

76. — circulaire, formée par une tige d'iris recourbée.

77. — découpée, en forme de deux grandes feuilles de chêne rehaussées d'or.

78. — découpée de cinq masques reliés ensemble par leurs cordelettes.

Signée : Kinaï.

79. — entièrement formée du corps d'un lièvre recourbé la tête sur les pattes.

80. — lobée, formée de 7 coquilles marines juxtaposées.

81. — bilobée, formée de deux écureuils à longue queue touffue.

82. — circulaire, découpée d'une abeille sur une branche d'arbre.

83. — circulaire, ciselée et ajourée, formée par le sac d'Hoteï enroulé, lui au centre.

84. Garde quadrilobée, décorée de branches de bambous ajourées.

85. — circulaire, en forme de sac, les cordelettes pendantes.

86. — circulaire, formée d'une grande feuille entourant les attributs pour la cérémonie du thé.

87. — circulaire, octolobée, formée d'un cordage enroulé.

87 *bis*. — circulaire, ajourée de torii et de pins minuscules.

STYLE DES FOUSHIMI

88. Garde ajourée de branches de bambous et incrustée de résilles en fils d'argent.

89. — circulaire, entièrement ajourée, décorée de fils de cuivre.

90. — circulaire cabossée, ciselée de branches de pruniers fleuries avec incrustations en cuivre à plat de fleurettes de prunier et d'un fin clouté.

STYLE DES GOTO ET DIVERS

91. Garde ajourée, ciselée d'un pont et d'une larve géante au milieu des eaux.

92. — ajourée, ciselée et rehaussée d'or, décorée de combattants dans les pins.

Signée : Soten.

93. — ciselée d'attributs divers, sac, inro, netzkes, etc.

94. — décorée d'un combat de guerriers au milieu des flots.

95. — représentant une grosse carpe remontant le courant.

Signée : Shigesada.

96. — ajourée et ciselée, montrant un guerrier sur une terrasse à côté d'un pin.

97. — décorée de personnages à genoux au bord de l'eau.

98. — formée de longues feuilles aquatiques en métaux divers.

99. Garde représentant un chrysanthème fané, les pétales retombant.

100. — quadrilobée, représentant des branches de chrysanthèmes finement ciselées.

101. — quadrilobée, décorée de petites fleurettes sur fond finement carrelé.

102. — quadrilatérale, portant en relief deux petits lapins dans les herbes fleuries.

103. — multilobée, à fond martelé, représentant un vieillard, le balai à la main, sous un grand pin.

104. — octogonale, ciselée en relief d'un grand dragon rehaussé d'or.

105. — représentant deux personnages se reposant sous un pin, au milieu des rochers.

106. — quadrilobée, décorée d'une oie, au clair de lune.

107. — circulaire, représentant quatre Immortels jouant aux dés, à l'ombre d'un pin.

108. — quadrilobée, fond martelé, ciselé d'un grand dragon.

GARDES EN BRONZE

109. Garde circulaire finement ciselée d'un dragon.

110. — — décorée de singes jouant dans les lianes.

Signé : Mori...

111. — — sur fond chagriné, ajourée de nuages et repercée d'une fine mouche.

112. — décorée d'une zone gravée octolobée et de rayonnement.

KOTZUKAS

113. Kotzuka en fer ciselé d'un personnage aux longs bras, s'étirant, un petit miroir à rehauts d'or à ses pieds.

114. — en fer et cuivre, incrusté d'une barque au milieu des roseaux, vers lesquels se dirige une oie.

115. — en fer, ciselé de deux fins écrans à rehauts d'or.

116. — en fer, représentant un singe attrapant au lasso, un cheval lancé au galop.

117. — en shibuitchi, ciselé en relief d'une fine carpe en shakoudo.

Signé : Tomoyousaï.

118. — en shibuitchi, représentant une tigresse, son petit entre les dents, traversant un cours d'eau rapide. Incrustation d'or.

119. — en shakoudo, ciselé sur fond chagriné, d'un groupe de souris d'or auprès d'un parasol fermé.

120. — en shakoudo, représentant le soleil se couchant derrière le Fouji. Sur la gauche, la cime dorée d'une forêt.

121. — en sentokou, ciselé en relief d'un flamant d'argent sur un tronc d'arbre noueux.

122. — en sentokou, décoré d'un martin-pêcheur, attrapant un poisson, au milieu des roseaux fleuris.

123. — en bronze rouge, décoré en relief d'une grue, volant.

BOUTS ET ANNEAUX

124. Bout de sabre en fer finement incrusté d'une mante religieuse en relief d'or.

125. Anneau en fer décoré en relief d'un sennine exhalant un petit personnage minuscule.

126. Bout et anneau en fer imitant le vieux bois, sur lequel est posée une grosse mouche aux ailes d'or.

127. Bout et anneau en fer, le premier décoré en relief du fameux archer Tamémoto, le second d'une branche de prunier fleurie. Rehauts d'or et d'argent.

128. Bout et anneau en fer, décorés de deux sennines, l'un mendiant, l'autre maintenant un gros crapaud grimpé sur sa tête.

Signé : Hamano Yeizui.

129. Bout et anneau en fer, décorés en creux, dans deux médaillons, de dragons à rehauts d'or.

130. Bout de sabre en argent finement ciselé, décoré en relief d'une divinité au vêtement d'or, assise sur un haut rocher au-dessus d'une cascade.

131. Anneau en shibuitchi, décoré d'un cavalier richement armé, fendant les flots.

132. Anneau en shibuitchi joliment ciselé d'un archer à cheval, dans le courant, près d'un pont.

Signé : Daï Mori Yei-shû.

133. Bout et anneau en shakoudo chagriné ciselé en relief de deux langoustes en bronze à rehauts d'or.

134. Bout et anneau en shakoudo imitant l'écorce d'arbre, sur laquelle se meuvent des escargots en métaux divers ciselés.

135. Bout et anneau en shakoudo chagriné, décorés d'une langouste et d'une pieuvre en bronze rouge ciselé.

136. Bout et anneau en shakoudo veiné, décorés de deux fines mouches à rehauts métalliques.

137. Bout en cuivre oxydé, décoré en niellage d'or d'un guerrier combattant un monstre, près d'un pont où passe un cavalier.

138. Bout en sentokou chagriné, décoré d'un papillon aux ailes rougeâtres.

139. Anneau en fer décoré d'une grue d'argent et de fleurettes d'or.

140. Bout de fourreau en fer repoussé et ciselé d'un immense dragon à rehauts d'argent et poudré d'or.

141. Bout de fourreau décoré en relief d'un grotesque assis dans les herbes auprès d'un cours d'eau.

OBJETS EN MÉTAL

142. Plaquette ronde en bronze patiné noir ciselé en haut-relief d'une touffe d'iris à fleurs d'or et d'argent.

143. Petite tortue en bronze finement gravée et ciselée.

Cachet de Seïmin.

144. Deux minuscules brassards en fer repoussé et fine maille de fer ajourée.

145. Crabe minuscule en fer entièrement articulé.

LAQUES DIVERS

---

146. Inro à cinq cases, décoré d'un côté, sur fond de laque noir uni, d'une pierre à encre, et sur l'autre face, imitant l'écorce d'arbre, d'une grosse mouche aux ailes d'or.

Signé : Kigo.

147. Inro à une case en bois naturel décoré de trois oies en laques d'or et d'argent.

Signé : Yeicho.

148. Inro à quatre cases en laque d'or, décoré de chrysanthèmes dans un enclos et de papillons figurés en relief sur fond d'or : l'un des papillons en incrustation de burgau.

XVIIIe siècle. *Signé :* Tchikahide (Collection Hayashi).

149. Inro à une case, en bois naturel décoré en relief d'une sauterelle au milieu des herbes rehaussées en laque d'or : les deux plateaux en corne de cerf.

150. Inro à quatre cases en laque d'or, décoré en pavage d'or d'un paysage au bord de l'eau.

151. Inro à quatre cases en laque d'or sur fond noir, décoré de draperies et d'une pluie d'or.

152. Petite bonbonnière en laque d'or ronde et plate, montée sur étain, décorée d'une habitation et d'une branche de prunier fleurie.

XVIIe siècle.

153. Petite bonbonnière en deux parties conjuguées, en laque d'or, décorée d'un caractère.

154. Bonbonnière circulaire en laque brun, décorée en or et nacre d'une jolie mante religieuse.

155. Petit plateau rectangulaire en laque d'or représentant en fin pavage d'or un paysage maritime.

Atelier de Kajikawa.

156. Petit plateau décoré sur fond d'étain d'une conduite d'eau en laque d'or passant au milieu d'une touffe d'herbes des champs où s'égare une branche de glycine. Pièce remarquable au point de vue de la finesse et du raffinement apporté dans le décor de fleurs.

157. Grande boîte carrée en laque rouge, à plateau intérieur, décoré d'un paysage maritime incrusté en pierres de couleur polies.

Sur les côtés, petites fleurs de cerisier en pierres claires, dans le courant.

158. Boîte ronde et plate, entièrement nacrée et burgautée, décorée d'un groupe de personnages circulant près d'une habitation au bord de la mer, abrité sous un pin et un saule pleureur.

BOIS DIVERS

---

159. Bonbonnière lenticulaire en vieux bois naturel sur laquelle circulent de légères petites fourmis incrustées et finement ciselées.

160. Bonbonnière circulaire en bois naturel décorée d'une grosse mouche en relief, rehaussée de laques polychromes.

161. Racine coupée sur laquelle sont incrustés un coléoptère en bois noir et une libellule délicatement posée, en bois et ivoire teinté.

162. Petite boîte à pans coupés, en bois naturel, imitant un petit tonneau décoré en laque d'or d'un gros pin abritant une tortue et une grue en plein vol.

163. Boîte cylindrique en bois imitant le bronze, niellé de fils de cuivre en arabesque.

164. Petit plateau en bois naturel décoré d'un mât vu au-dessus des arbres au clair de lune. Incrustations d'étain

165. Foukourokoudjiou en bois mi-laqué décoré de fleurettes de nacre et de burgau.

166. Deux grands ornements d'applique en bois sculpté et doré représentant deux oiseaux de Hô, les ailes déployées.

167. Masque en bois, « type Roço », vieillard maigre et ridé, les cheveux et la barbiche gris.

168. Petit masque en bois laqué, figure réjouie.

169. —— le nez aplati et la bouche proéminente.

COUPES A SAKÉ

---

170. Coupe à saké en laque rouge décorée en or d'un écran placé sur une terrasse ombragée par un prunier fleuri, et d'un éventail.

Signé : Yéijousaï.

171. —— décorée en or d'une tortue marine posée sur un rocher au pied d'un bambou.

Signé : Ghiokousansaï.

172. —— représentant un fin paysage maritime à pavage d'or, vu du toit d'une habitation.

Signé : Toshusaï.

173. —— décorée en laques d'or polychromes, d'une grande jonque chargée de sacs de riz, à l'embouchure de la Soumida.

Signé : Kajikawa.

174. —— représentant en ors divers, un vase garni d'un pied de pivoines et d'un écran décoré d'une grue au-dessus des flots.

Signé : Massatsune.

175. —— décorée en laques d'une branche portant une grosse pivoine fleurie.

Signé : Kikougava Tsunemassa.

176. —— en laque d'or d'un ibis dans les roseaux finement ciselé en relief.

ÉTUIS A PIPE

177. Etui en os, teinté vert, orné en relief d'un dragon en argent ciselé.

178. Etui en bois, imitant une longue cosse de haricot.

179. Etui en bois, décoré d'une multitude de petits troncs de bambou, sur lesquels grimpe un escargot de cuivre.

180. Etui en bois cannelé à bagues d'ivoire, en forme d'une longue feuille aquatique repliée en deux.

181. Etui à pipe en fine sparterie, blanche et noire.

182. Etui à pipe en os sculpté, entièrement décoré de branches fleuries et d'oiseaux.

BOITES A TABAC

---

183. Boîte à tabac imitant un vieux tronc d'arbre noueux, sur lequel circulent deux vipères et des insectes en incrustations métalliques polychromes.

Atelier de Gamboun.

184. Boîte à tabac formée d'une section de bambou sur lequel courent de fines fourmis en métaux divers ciselés.

Signé : Gamboun.

185. Boîte à tabac en forme de calice de fleur aquatique, incrustée de petits coquillages en métaux polychromes.

CRISTAL DE ROCHE

186. Un cachet en cristal en forme d'un cube surmonté d'un chien de Fô, reposant sur trois pattes, la quatrième posée sur la boule du monde.

LATTES-APPLIQUES

1^m,20 sur 0^m,12 environ.

---

187. Une latte en bois peint. Jeune homme endormi devant un écran en laque rouge auprès d'un hibashi en shakoudo niellé et incrusté. Figure en pierre de lard polie, rehaussée au pinceau. Vêtement en laque d'or retenu par une ceinture en nacre. Robe en shakoudo finement gravé. Au ciel le croissant de lune.

Signée sur le paravent : Kenteï, élève de Ritsuo.

188. —— décorée sur bois naturel de trois tortues dans le courant, peintes par un élève d'Hokousaï.

189. —— ornée en relief d'un panier de pêcheur imitant la vannerie, auprès duquel sont venus s'échouer un crabe en nacre et de nombreux coquillages en ivoire et en pierres polychromes incrustés.

En haut en application, une habitation seigneuriale sur la terrasse de laquelle circulent de microscopiques personnages en pierres polychromes finement décorées.

190. —— décorée sur bois naturel d'une branche de prunier fleurie, les fleurs étant traitées à la gouache.

191. —— décorée sur une face d'un buisson de chrysanthèmes et sur l'autre d'un personnage s'efforçant d'allumer sa pipette.

Attribuée à Hokkeï.

NETSUKÉS

NETSUKÉS EN BOIS

192. Petit masque de Nô, à menton articulé.

193. Petit masque d'Oni, laqué rouge et noir.

194. Masque couleur chair, les yeux et les dents dorés.

195. Dragon finement sculpté enroulé sur lui-même.

196. Pousse de bambou de laquelle sort un verre blanc, en ivoire.

197. Hania debout, une main appuyée sur une grosse cloche, finement cloutée.

Signé : Massakadzou.

198. Groupe de deux tortues, d'une belle sculpture.

Signé : Hokousui.

199. Rat à demi enfoui dans une grosse châtaigne.

Signé : Ryosetsou.

200. Crapaud allongé sur une courge.

201. Pieuvre géante montée sur une écuelle.

202. Petit borgne accroupi sur un sac.

Signé : Giok-keï.

203. Lucioles en pierres de couleur, posées sur un éclat de bois.

Signé : Ghiok'keï.

204. Grande courge à feuilles laquées d'or, et fleurettes d'argent, sur laquelle grimpe un petit escargot d'argent.

Signé : Massayoshi.

205. Chimère debout, une patte posée sur une boule.

Signé : Massamitsu.

206. Jeune enfant accroupi, dissimulé sous un déguisement à tête de shishi.

Signé : Senghiokou.

207. Deux petits personnages regardant un makimono.

Signé : Riouzan.

208. Petit crapaud grimpé sur un seau de puits.

Signé : Massanao.

209. Grosse mouche posée sur une moitié de noix.

210. Petit singe accroupi, mangeant un fruit.

211. Personnage, la tête couverte d'un masque à mâchoire mobile, frappant un tambourin.

Signé : Riumin.

212. Groupe de deux singes, le plus petit grimpé sur le dos de l'autre, dévorant une puce.

Collection Hayashi.

213. Groupe de neuf masques formant bouton ajouré.

Signé : Massanao.

214. Singe accroupi, un fruit entre ses pattes inférieures, se grattant le museau.

215. Petite tête de mort en bois doré.

216. Champignon en bois sur lequel circulent des petites ourmis en métal finement ciselées.

Ecole de Gamboun.

217. Groupe de deux petits champignons accolés.

218. Petit marron avec germe et ver en ivoire.

Signé : Hidemassa.

219. Personnage debout, une brosse à la main, nettoyant un gros grelot.

Collection Barboutau.

220. Petit Shojo à cheveux laqués rouge, une grosse pipe sur l'épaule.

221. Philosophe chinois, assis, lissant sa longue barbe.

Signé : Hokoukoun.

Collection Barboutau.

222. Enfant à demi accroupi sous un déguisement à tête chimérique.

Signé : Miwa.

223. Oni, les yeux en nacre, accroupi sur un disque.

224. Petit personnage borgne, à tête d'ivoire, appuyé sur son bâton.

225. Fleur de nénuphar à graines d'ivoire, mobiles.

226. Petit oni, debout, frappant un tambour.

Signé : Miwa.

227. Rat minuscule, sortant d'un fruit.

228. Souris sortant d'une courge.

229. Danseur de No, debout, mi-laqué rouge, tenant un éventail.

Collection Barboutau.

NETSUKÉS EN IVOIRE

230. Petite section de bambou teinté, une petite branche fleurie en réserve.

231. Aigle, les serres posées sur un renard, cherchant à l'enlever.

232. Personnage assis sur un shi-shi accroupi.

233. Squelette accroupi, les jambes repliées, une main à la tête.

Signé : Tadatshika.

234. Petit musicien assis jouant du Koto.

Signé : Seï ou Kigo.

235. Sanglier se vautrant, à demi masqué par une touffe de roseaux.

Signé : Jughiokou.

236. Grue minuscule, abritée contre le tronc d'un arbre.

237. Vieillard à cheval, tenant un rouleau. — Un petit serviteur agenouillé lui présente un sabot.

Signé : Massatoshi.

238. Aubergine et coccinelle.

Signé : Gwatsuoun.

239. Guerrier, un long couteau à la main, s'efforçant d'achever un monstre à tête de tigre, et à queue en tête de serpent, qu'il a déjà blessé d'une flèche.

Signé : Mitsutshika.

240. Bouton en forme d'aubergine, sur laquelle est posée un grillon.

Signé : Mitsuouo.

241. Bouton ajouré, orné d'un dragon et d'une fleur de lotus.

Signé : Hozan.

242. Bouton ajouré, portant une plaque métallique, représentant Yébisou revenant de la pêche.

243. Bouton à plaque métallique, ciselé de trois poissons ornementaux sur un faîte de toiture. Au ciel croissant de lune et canards.

244. Petite pièce décorative en ivoire, gravée d'une touffe d'iris et décorée en relief d'une cage en métal ciselé. Au dos, jeune enfant jouant avec un oiseau.

245. Cinq cachets anciens en bois et ivoire, gravés, l'un d'un personnage déroulant un makimono, l'autre de caractères.

POTERIES

246. Un bol genre Raichi Mishima ; coupe basse hémisphérique. Dans une couverte gris lilas, est incrusté en blanc un décor pointillé, dont les lignes rayonnantes s'appuient sur un médaillon de fleurettes placé au fond intérieur de la coupe.

xvie siècle (*Collection* Hayashi).

247. Un bol genre Raichi Mishima. Coupe basse, très ouverte, incrusté en émail blanc dans une couverte grise d'un dessin pointillé de bordures, à l'intérieur comme à l'extérieur.

xvie siècle (*Collection* Hayashi).

248. Un bol genre Niochiu, conique et rétréci à la base, couverte craquelée, ton ivoire.

xvie siècle (*Collection* Hayashi.)

249. Un bol Rakou, surbaissé, cabossé, décoré au ciseau de veines circulaires. Teinte ocre et rose.

Cachet Rakou. *Signature en creux :* Riomi, âgé de 72 ans.

250. Un bol Rakou, cylindrique, teinte saumon et coulées blanchâtres.

Cachet Rakou.

251. Un bol Rakou, cabossé, à couverte noire, le profil du Fouji étant réserve en blanc.

Cachet Rakou.

252. Un bol à glaçure bleuâtre et rosée.

253. Un bol, style coréen, jaune, décoré de poésies, portant un cachet à l'intérieur.

254. Un bol de Soma, à tonalité grise finement truitée, décoré au trait de chevaux au galop.

255. Un bol de Karatsou, à couverte fauve craquelée.

256. Un bol Hori Mishima, ovale, en forme de sac de riz coupé, les deux faces longues légèrement aplaties sont incrustées en émail blanc d'un ornement circulaire au milieu de la couverte de ton gris-vert. Le haut du bol est contourné d'une coulée d'émail bleu clair.

xviiie siècle (*Collection* Hayashi).

257. Une plaque carrée offrant en décor d'encre de Chine, un motif fleuri de pivoines sur couverte de ton ivoire.

Signée : Kenzan.
Collections Ed. de Goncourt et Hayashi.

258. Une assiette à couverte noire, décorée de branches fleuries réservées en blanc et bleu.

Signée : Kenzan.

259. Un cendrier rectangulaire à bordure modelée de nuages, décoré en argent et or sur le fond, du Mont Fouji contourné par les nuages, et de voiles de bateaux.

Bizen, imitant le bronze.

260. Un singe en poterie sculptée, assis, les pattes de derrière étendues, se grattant avec les autres.

Grès mat de Takatori.

PORCELAINES

---

261. Une petite coupe blanc et bleu, décorée d'un singe juché sur une branche d'arbre, d'un cerf au galop et d'un oiseau.

Signé : Tching-Hoa, xve siècle.

262. Une pièce décorative en forme de makimono repliée aux deux extrémités, décorée d'un cavalier au galop.

Époque Kienlong.

263. Une boite à fard en forme de chimère accroupie, finement modelée et à glaçure légère de céladon.

(Japon.)

264. Une bouteille à saké décorée en relief de réserves de grues blanches volant sur un fond de vagues, bleu.

(Japon.)

BRONZES

265. Vase balustre élargi portant deux anses rondes ajourées surmontées de masques chimériques. La panse est gravée de deux zones de caractères stylisés entourant une zone de taoties sur fond de grecques. Le dessous du vase décoré en relief de losanges dans une jolie patine verte.

Couvercle postérieur au vase, ajouré de kouas, d'ornements trilobés et de signes figurant le jour et la nuit, surmonté d'une pousse de champignons.

Époque Ming.

266. Brûle-parfums rectangulaire à quatre pieds surmontés de têtes de chimères. Les faces sont décorées d'une zone de palme surmontée d'une zone de grecques où courent, affrontés, des animaux chimériques stylisés. Couvercle orné d'une zone de palmes et surmonté d'un Chien de Fô, couché sur le dos, jouant avec la boule du Monde ajourée (style assez rare)

Vieux bronze chinois.

267. Vase balustre élevé, quadrilatéral, portant deux anses très fines, ciselé et gravé en creux, d'ornements géométriques, de grecques, de vagues et de taoties.

Vieux bronze chinois.

268. Vase balustre ovale, anses relevées, décoré en creux d'animaux chimériques et de grecques.

Vieux bronze chinois.

269. Grand brûle-parfum quadrilatéral, faces unies, décoré sur le couvercle d'un Chien de Fô, un collier de fruits sacrés au cou.

N° 267

N° 266

N° 268

N° 279

N° 265

270. Petit vase balustre élargi, portant trois petites anses ajourées. Pièce décorée d'ornements divers sur fond de grecques. Le col est entouré de petites arêtes saillantes.

271. Élégant brûle-parfums formé par un dragon enroulé exhalant un petit vase à couvercle ajouré et surmonté d'une chimère, la patte sur la boule du monde.

272. Cachet en bronze représentant un Chien de Fô accroupi, une patte posée sur la boule du Monde.

273. Petit chien de Fô, debout, le dos percé, formant brûleur.

274. Grand disque décoré au trait sur une face d'un cheval au galop et sur l'autre d'une poésie accompagnant un cachet.

275. Grosse carpe dans la vague, portant un petit personnage mobile sur le dos, formant brûle-parfums.

276. Petite bonbonnière rectangulaire à coins arrondis, ciselée en relief d'un oisillon sur une branche.

Bronze japonais.

277. Deux jardinières hexagonales en bronze non patiné. Pièces ornées en relief d'appliques de jade blanc sur lesquelles se voient en haut-relief des animaux et des branches fleuries en pierres de couleur. Le fond des vasques est finement gravé.

CLOISONNÉ ET FER

278. Bonbonnière rectangulaire à couvercle à recouvrement, cloisonnée sur fond turquoise de rosaces, de fleurettes et de rinceaux.

279. Marmite octogonale à anse mobile. Chaque pan coupé est décoré en haut-relief d'un dieu du Bonheur, et la huitième face d'une haute montagne au-dessus des flots.

N° 284

N° 291

N° 284

N° 282

四月

三月

ESTAMPES

KIYOMASSOU (Tori-i)

(1679-1762)

280. Form. hosoye. Personnage dansant, portant sur le dos un gros sac chargé. Impression en deux tons.

Signée : Tori-i Kyomassou.

KIYOMITSOU (Tori-i)

(1735-1785)

281. Form. hosoye. Dame noble, debout sur une terrasse, un sachet à la main.

Signée : Tori-i Kyomitsou.

282. Gr. form. larg. Deux musiciennes jouant du shamisen et du koto, devant un jeune homme, battant la mesure avec son éventail. A côté d'eux un serviteur attisant le feu pour la préparation du thé.

Signée : Tori-i Kyomitsou.

KIYOHIRO (Tori-i)

(1708-1766)

283. Couple tenant une branche fleurie et un faucon, devant un troisième personnage tenant une lance.

ignée : Tori-i Kiyohiro.

TOYONOBOU (Ishikawa)

(1710-1785)

284. Form. étr. h. Deux estampes. Jeune femme préparant son thé. Jeune femme accroupie, deux poupées minuscules près d'un petit paravent. Impression en jaune et vert.

Signée : Ishikawa Toyonobou.

HAROUNOBOU (Souzouki)

(1703-1770)

285. Pet. f. car. Deux jeunes amies se promenant au bord de l'eau, l'une debout, l'autre cueillant des tiges de bambou.

Signée : Souzouki Harounobou.

286. — Jeune femme accroupie, dormant et rêvant, une rencontre heureuse, au bord des rizières.

Signée : Souzouki Harounobou.

287. — Trois enfants jouant avec une grosse boule de neige qu'ils poussent devant eux.

288. — Jeune fille sortant d'un norimono, se dirigeant, accompagnée de sa servante, vers une chute d'eau.

Signée : Harounobou.

289. — Deux jeunes filles se hâtant sous la pluie.

Signée : Souzouki Harounobou.

290. — Jeune homme élevant sur son dos une jeune fille qui s'efforce de cueillir des kakis.

Signée : Souzouki Harounobou.

291. — Deux jeunes filles en coifle blanche, s'abritant sous un parapluie, près de tori-i.

Signée : Souzouki Harounobou.

N° 293

N° 294

N° 295

N° 296

KORIOUSAI (Isoda)

(1720-1782)

292. Pet. f. carré. Grand faisan sur un rocher au milieu des pivoines en fleurs.

293. — Sanglier courant, en précédant d'autres, que l'on aperçoit au loin près d'une cascade.

Signée : Koriou.

294. — Tigre se désaltérant à un cours d'eau.

Signée : Koriou.

295. — Jeune mère portant son enfant sur son dos. Le père, derrière, lui tend les bras.

Signée : Koriousaï.

296. — Jeune homme saluant une jeune femme, apparaissant entre deux cloisons mobiles.

Signée : Koriousaï.

BOUNTSHO (Ippitsusaï)

(Vers 1764-1796)

297. Form. hosoye. Jeune femme richement vêtue, debout près d'un cours d'eau, se retournant pour regarder une maisonnette en paille.

Signée : Ippitsusaï Bountsho.

298. — Homme debout, appuyé sur son bâton, son chapeau de paille rejeté en arrière.

Signée : Ipiptsusaï Bountsho.

KIYONAGA (Tori-i)

(1752-1814)

299. Diptyque. Jeune homme au milieu d'amies, sur une terrasse en vue de la mer. Il est accroupi, fumant sa pipette,

une jeune fille à côté de lui tenant une coupe à saké, d'autres vont et viennent, jouant du shamisen.

Signée : Kiyonaga.

300. P. f. larg. Scène érotique.

TOYOHIRO (Outagava)

(1773-1828)

301. P. f. carré. Aigle sur une branche de pin. Impression en noir.

302. P. f. arrondi. Petit paysage par un temps de pluie.

Signée : Toyohiro.

303. Form. haut. Seigneur accompagné de ses domestiques, passant un gué.

Signée : Toyohiro.

TOYOKOUNI (Outagava)

(1769-1825)

304. P. f. haut. L'ancêtre Itchikava Hakou-yen, en long kimono noir, tenant son ombrelle baissée.

Signée : Toyokouni.

305. — Deux jeunes femmes en promenade, près d'un pin, en vue du Fouji.

Signée : Toyokouni.

306. — Neuf petites planches représentant des acteurs debout ou en buste.

Signée : Toyokouni.

307. — Sept fragments de livres, sujets divers.

308. Form. haut. Noble assis devant une femme costumée en pêcheuse, debout, élevant la perle sacrée.

Signée : Toyokouni.

SHOUNSHO (Katsugava)

(Vers 1770-1790)

309. F. hosoye. Homme debout, en kimono rayé, portant une grande hache.

Signée : Shounsho.

310. — Deux feuilles séparées formant diptyque. Dames nobles debout, près d'un char seigneurial.

Signée : Shounsho.

311. P. f. carré. Jeune femme échevelée, accroupie au bord de la rivière.

Signature illisible.

312. F. hosoye. Personnage debout, tenant un masque de renard, une longue baguette passée à la ceinture.

313. — Noble debout, le vêtement orné de deux mons de grues, stylisées.

Signature illisible.

314. — Femme debout, se retournant pour se regarder dans un miroir placé sur un chevalet.

Signée : Shounsho.

SHOUNKO (Katsugava)

(Vers 1765-1790)

315. F. hosoye. Homme, la tête couverte d'une étoffe, la main sur le pommeau de son sabre, près d'une écluse.

Signé : Shounko.

SHUNYEI (Katsugava)

(1769-1819)

316. F. hosoye. Femme en kimono rayé, debout près d'une tenture

Signée : Shunyeï.

SHOUNTEI (Katsugava)

(Vers 1830-1843)

317. Form. haut. Cavalier portant deux sabres, à califourchon sur un tigre.

Signée : Shounteï.

OUTAMARO (Kitagava)

(1754-1806)

318. Petit f. larg. Jeune femme assise sur un éléphant blanc, lisant une poésie à la lueur d'une lanterne qu'élève un autre éléphant avec sa trompe.

Signée : Outamaro.

319. F. étroit haut. Hirondelle et glycine.

Signée : Outamaro.

320. Triptyque. Femmes vêtues de jupes en légère paille de riz, puisant et emportant de l'eau salée, sur une étroite lagune.

321. — Dames sous une moustiquaire se levant, peu ou pas encore vêtues.

322. Form. haut. Deux feuilles même série. Vieillard glissant un billet doux dans le kimono d'une dame assoupie. Archer agenouillé près d'une dame noble.

Signées : Outamaro.
Cachets Hayashi.

323. — Trois dames en promenade suivies d'un jeune homme.

324. Diptyque. Deux dames accroupies : l'une fumant sa pipette, l'autre disposant des fleurs dans un porte-bouquet mural, se détachant devant un grand paravent, représentant un paysage signé :

Outamaro.
Cachet Hayashi.

325. Diptyque. Suite du précédent. Deux dames accroupies, disposant des branches fleuries dans des vases, devant un grand paravent décoré d'un paysage et signé :

Outamaro.

326. Form. haut. Dame debout tenant sa pipette et une poésie, accompagnée de deux amies, l'une accroupie, l'autre broyant de l'encre.

Signée : Outamaro.

327. F. hosoye. Femme debout sous un prunier fleuri, un grand chapeau dans la main droite.

Signée : Outamaro.

328. Petit f. carré. Impression en noir. Oiseau de proie sur une branche de prunier.

329. Form. haut. Lapin se dissimulant derrière une touffe d'herbes.

330. — Mère, son enfant sur le dos, passant près d'un grotesque demi-nu, accroupi dans une position de crapaud.

Signée : Outamaro.

331. — Scène maternelle. Mère jouant du shamisen, faisant danser son enfant paré d'un costume de danseur de Nô.

Signée : Outamaro.

332. — Marchande de poissons causant à un client qui emporte son achat.

Signé : Outamaro.

333. — Couple jouant. Jeune femme s'efforçant d'envelopper son ami dans son vaste kimono.

334. — Femmes en coiffes blanches, accompagnant un cheval rouge lourdement chargé.

Signée : Outamaro.

335. — Buste de femme, les dents peintes en noir, le menton appuyé sur sa main droite.

Signée : Outamaro.

336. Petit f. larg. Groupe de femmes à grandes coiffes blanches passant sur un pont.

337. Petit f. haut. Branches de chrysanthèmes.

338. Form. larg. Quatre estampes, fragments du livre des « Insectes ».

339. — Une estampe, fragment du livre des « Souvenirs de la Marée Basse ».

340. Form. haut. Scène maternelle. Jeune mère agenouillée, son enfant sur le dos, se cambrant joliment, leurs deux visages se reflétant dans un bassin rempli d'eau.

Cachet de Kiosaï.

YEISHI (Chobunsaï)

(Vers 1780-1805)

341. Form. haut. Dame en riche toilette accroupie devant un écran sur lequel repose une robe. Le vêtement de la dame et la robe sont décorés de nombreux oiseaux.

Signée : Yeishi.

342. — Dame accroupie, un pinceau dans la main droite. La coiffure se reflète dans un miroir à côté d'elle.

Signée : Yeishi.

YEISSUI

343. Form. haut. Couple debout, la femme s'efforçant d'allumer sa pipette à celle de son ami.

Signée : Yeissui.

YEIRI (Rekicente)

(Vers 1780-1810)

344. Form. haut. Poétesse assise à l'ombre d'un pin, sur la terrasse d'une habitation.

Signée : Rekicente.

N° 314 N° 340 N° 298

HOKOUSAI (Katsuchika)

(1760-1849)

345. Form. larg. Série de Cent Poésies. Une barque chargée de femmes au milieu des nénuphars.

Signée : Zen Hokousai Jti-sou.

346. — Série des trente-six vues du Fou-ji. Un matin neigeux à Ko-ishi Kava, à Yedo. Une femme sur la terrasse d'une maison de thé, montre à des voyageurs matineux, le joli paysage couvert de neige et le Fouji tout blanc.

Signée : Comme précédent.

347. Form. haut. Série des Cascades. La chute Yoro, dans la province de Mino — le courant tombant droit, derrière un rocher sur lequel est juchée une hutte, où se reposent quelques voyageurs.

348. Form. haut. Série des Apparitions. Spectre entr'ouvrant une moustiquaire.

349. Form. larg. Une belle journée et un vent du sud sur les flancs du Fouji, la partie inférieure couverte de jeunes arbres, la partie supérieure rouge, la tête et les crevasses remplies de neige. Jolis nuages moutonneux au ciel.

Signée : Zen Hokousai I. itsou.

350. Form. haut. Série des cascades. La chute Roben, à Oyama, dans la province de Soshu, la nappe d'eau tombant dans un bassin où se baignent plusieurs hommes.

Signée : Zen Hokousai I. itsou.

351. Form. larg. Grand sourimono. Sur un pont, au-dessus d'un lac où fleurissent les iris, un bœuf passe, portant un enfant et de nombreux paniers remplis d'iris. Derrière suit une femme, une botte d'iris sur le dos, fumant sa pipette.

HOKOUJIOU (Shoteï).

(Vers 1820-1830)

352. Form. larg. Une planche de la série des « Vues de Ports ».

Signée : Hokoujiou.

353. — Une autre planche de la même série.

Signée : Hokoujiou.

SHIGHENOBOU (Yanagava).

354. Form. haut. Homme en pantalon rouge et en vêtement blanc gauffré, tenant un éventail.

Signée : Yanagava Shighenobou.

MASSAYOSHI (Keisaï).

355. Form. larg. Deux pintades près d'un cours d'eau.

Signées : Keisaï.
Cachet : Massayoshi.
Collection Gillot.

SADA...

356. Form. haut. Deux feuilles de poissons.

Signées : Sada...

KOUNIYOSHI (Utagava).

(1797-1861)

357. Form. larg. Amaterassou sortant du rocher, faisant fuir le dragon.

Signé : Kouniyoshi.

KOUNISSADA

358. Form. divers. Quatre planches, deux estampes de la cérémonie du thé, et deux scènes d'intérieur.

HIROSHIGE (Itchiryusaï).

(1796-1858)

359. Form. larg. Une feuille du Kioto Meisho. Nombreuse réunion le soir au bord de la rivière.

360. — Une feuille de Kisokaido. Voyageurs près d'un gros pin.

361. — Trois feuilles du grand Tokaido. Cortège sous la pluie; Femmes et colporteurs près d'une rizière. Voyageur à cheval dans une allée de cryptomerias.

362. — Deux feuilles de Yedo Meisho. Barque près d'un grand pont. Femme lavant du linge.

363. — Une feuille de Toto Meisho. Cerf-volant au-dessus de Yedo : promeneuses près d'un grand pin.

364. — Une feuille de Tokaido. Voyageur sur un pont par un temps de pluie.

365. Form. haut. Trois feuilles des cent vues de Yedo; flottille de bateaux ancrés le soir au clair de lune; feu d'artifice le soir, la foule se pressant sur le pont; longues branches de saules retombant au-dessus de la rivière.

366. — Une feuille de Shokokou Meisho. Poisson gigantesque formant le faîte d'un toit de temple.

367. F. étr. haut. Martin-pêcheur volant vers des iris.

368. — Femme accoudée sur un balcon par un temps de neige.

369. Form. larg. Neuf planches de la série des Poissons.

370. Form. minus. Silure nageant.

371. Petit form. c. Oiseau de paradis sur une branche de bambou, tirage en noir.

372. Petit form. Tokaido. Paysage enfoui sous la neige.

373. — Tokaido. Passeur conduisant deux bateaux.

374. P. form. larg. Tokaido. Morimonos et piétons surpris par la pluie.

375. — Toto Meisho. Grand pont sous la pluie.

SOGAKOUDO

376. Form. haut. Oiseau, dans les herbes, se dirigeant vers une toile d'araignée où se débat un moucheron.

SOURIMONOS

377. Quatre jolis sourimonos.

Signés : Sori, Hokousaï, Shinman.

378. Trois sourimonos.

Signés : Sadakaghe, Gakuteï, Tamé-ichi.

379. Lot de 43 sourimonos, dits de « Kioto ».

Signés : Zechine et autres.

380 Huit sourimonos.

Signés : Sadakaghe, Gakouteï, Kiyomitsou, Tame-ishi, etc.

381. Vingt sourimonos divers.

Signés : Yanagava, Hokkei, Zechine, etc.

382. Six feuilles de fragments de livres.

KAKEMONOS

383. Un kakemono. Singe grimpant à un arbre.

Signé : Sosen.

384. — Enfant s'efforçant de retenir un bœuf qu'il maintient avec une longe.

Signé : Hanaboussa Itcho.

385. — Personnage avec un parapluie déchiré regardant un oiseau qui s'envole.

Signé : Hanaboussa Itcho.

386 — Aigle et moineaux.

387. — Grues au bord de l'eau, d'autres volant vers la lune. Travail d'une grande finesse.

388. — Canards sur un rocher au milieu des herbes, au bord de l'eau.

Ecole de Kano.

389. — Haleurs tirant un bateau de plaisance.

Ecole de Shijo.

390. Kakemono. Poétesse mordillant une étoffe, assise sur un banc, sous un saule agité par le vent.

Ecole de Hishikava. Morofoussa.

391. — Femme se promenant.

Ecole de Myagava.

392. — Aigle sur un tronc d'arbre.

Ecole de Kano *signé :* Kano Suiharou.

393. Trois panneaux attribués à Kaïokou Yousho (1533-1615). Sennine au cheval. Sennin à la tortue. Pie sur un arbre.

394. Un lot de cinq peintures chinoises, sur soie, représentant des scènes champêtres et d'intérieur.

XIXe siècle.

LIVRES

395. Un volume, impression en noir. Le livre des Sennines.

Daté Temmei IV : 1784.

396. Settan et Setteï. Vues de Yedo, animées de personnages minuscules. Cinq volumes avec leurs couvertures primitives gauffrées de tortues, grues, etc.

Daté Tempo IX : 1838.

397. Baïreï. Oiseaux et fleurs. Trois volumes en couleur.

Daté : Meiji NIV.

398. Inconnu. Oiseau et fleurs, un volume, début XIXe siècle.

399. — Trois volumes, en vieux tirage, impression en noir. Personnages et paysages.

400. Yeisen. Deux volumes de sujets détachés.

401. Shighenobou. Un volume de paysages.

402. Toyokouni et élèves. Un volume format allongé contenant une réunion d'enveloppes de livres illustrées.

403. Massayoshi. Recueil de planches en couleurs. Un volume.

Signé : Keisaï.
Daté : Anseï VIII.

404. Toyohiro. Un volume : « Vingt-six Poètes ».

Daté : Kwanseï V : 1794.

405. Yosai. Portrait et biographie des grands hommes, 12 volumes.

Datés Tempo IV : 1834 et Tempo XIV : 1844.

406. Oïshi Matora. Scènes de la rue. Deux volumes.

Datés Tempo III : 1833.
Collection Burty.

407. Kanyoçai. Cinq volumes en noir. Paysages, oiseaux, animaux.

408. Jiki Hiho. Trois volumes en noir. Scènes diverses.

Datés : 1745.

409. Inconnu. Trois volumes. Description des monnaies.

Datés : 1828.

410. — Cinq volumes. Reproductions de peintures anciennes fameuses.

Datés Kaeï IX : 1853.

411. Keïgakou. Un volume de modèles de dessins.

412. Divers. Un volume des vues de Yedo.

413. — Un volume de romans et de paysages.

414. — Un volume d'oiseaux.

415. Morikouni. Un volume de poètes.

416. Divers. Sept petits volumes par Hiroshighe, Outagawa, etc.

417. Gakouteï. Recueil de Sourimonos.

418. Hiroshighe. Un volume de 69 planches : les 60 belles provinces.

419. Divers. Un album de 144 planches de personnages en bustes, par Toyokouni, Kounissada, Kounitshika, Yahickou.

420. — Un album de 107 planches du même sujet que précédent par les mêmes artistes.

421. Kouniyoshi. Album de 120 planches de bustes de femmes.

422. — Album de 49 planches de guerriers.

423. Album de 300 croquis d'études portant à la fin la date de Bonsei IV : 1828.

424. Album de huit croquis, la dernière page portant la signature de Kouniyoshi.

425. Hokousai. La Mangwa. Quatorze volumes datés.
Meiji VIII : 1874.

426. — Cent vues du Fouji. Trois volumes.
Meiji VIII : 1884.

427. — Vie de Nitchiren. Six volumes datés.
Anseï V : 1858.

428. — Combats de guerriers, daté.
Tempo VII : 1836.

429. Keisaï Yeisen. Scènes de combats. 1 vol.

430. Outamaro. Fleurs et insectes. 1 vol. 8 planches.

431. Divers. Un lot de croquis à l'encre de Chine.

432. Hokousaï. Ippitsu Gwafou (tirage moderne).

433. Hiroshighe et Sadahide. Album de vues du Fouji et d'un Tokaïdo.

434. Hiroshighe. Album de cent vues de Yédo, 82 feuilles.

ÉVREUX, IMPRIMERIE CH. HÉRISSEY, PAUL HÉRISSEY, SUCCr

www.ingramcontent.com/pod-product-compliance
Ingram Content Group UK Ltd.
Pitfield, Milton Keynes, MK11 3LW, UK
UKHW021634260726
13994UKWH00003B/1184

9 782329 469089